SIEMPRE PUEDE SER PEOR

SIEMPRE PUEDE SER PEOR

Un cuento folklórico Yiddish adaptado e ilustrado por

MARGOT ZEMACH

Traducción de Aída E. Marcuse

MIRASOL / *libros juveniles*
Farrar·Straus·Giroux
New York

A mi amiga Gina, con amor

Había una vez, en una pequeña aldea, un pobre hombre infortunado que vivía con su madre, su mujer, y sus seis hijos en una cabaña de un solo cuarto. Como estaban tan apiñados, el hombre y su mujer reñían a menudo. Los niños eran bulliciosos y peleadores. En invierno, cuando las noches eran largas y los días fríos, la vida de todos se hacía aún más dura. La cabaña estaba llena de gritos y protestas. Un día, cuando el pobre hombre infortunado ya no pudo soportarlo más, fue a pedirle consejo al rabino.

—Venerado Rabí—se lamentó—, las cosas me van muy mal y están empeorando. Somos tan pobres que mi madre, mi mujer, mis seis hijos y yo tenemos que vivir todos juntos en una pequeña cabaña. Estamos tan apiñados y hay tanto ruido . . . ¡Ayúdame, Rabí, haré lo que me digas!

El rabino pensó y pensó, sobándose la barba. Por fin le preguntó:

—Dime, pobre hombre, ¿tienes algunos animales, como ser, uno o dos pollos?

—Sí—contestó el hombre—, tengo algunos pollos, un gallo y también un ganso.

—Ah, qué bien—dijo el rabino—. Entonces vete a casa y llévate los pollos, el gallo y el ganso a vivir contigo en la cabaña.

—¡Sí, como no, Rabí!—dijo el hombre, aunque estaba un poco sorprendido.

El pobre hombre infortunado corrió a casa, sacó del gallinero los pollos,
el gallo y el ganso y los llevó a su cabaña.

Pasaron unos días —o tal vez una semana— y la vida en la cabaña se volvió peor que antes. Ahora además de los gritos y protestas había graznidos, cacareos y cloqueos. Había plumas en la sopa. La cabaña seguía siendo tan pequeña como siempre, pero los niños habían crecido. Cuando el pobre hombre infortunado no pudo soportarlo más, corrió otra vez a pedirle ayuda al rabino.

—¡Venerado Rabí!—exclamó—. ¡Fíjate qué calamidad me ha sucedido! Ahora además de los gritos y protestas hay graznidos, cacareos y cloqueos y encuentro plumas hasta en la sopa! Rabí, ya no podría ser peor. ¡Ayúdame, por favor!

El rabino pensó y pensó, y al final le dijo:

—Dime, ¿por casualidad no tendrás una cabra?

—Sí, tengo una cabra vieja, pero no vale gran cosa.

—¡Excelente!—dijo el rabino—. Vete a casa ahora mismo y lleva esa vieja cabra a vivir contigo en la cabaña.

—¡Ah, no! ¿Lo dices en serio, Rabí?—protestó el hombre.

—Vamos, vamos, mi buen hombre, haz lo que digo sin demora—dijo el rabino.

Cabizbajo, el pobre hombre infortunado caminó lentamente de vuelta a casa y metió la cabra vieja en la cabaña.

Pasaron unos días —o tal vez una semana— y la vida en la cabaña se volvió aún peor que antes. Ahora, además de los gritos y protestas, graznidos, cacareos y cloqueos, la cabra se volvió salvaje y empujaba y topeteaba a todos con sus cuernos. La cabaña parecía aún más pequeña, pero los niños seguían creciendo. Cuando el pobre hombre infortunado no pudo soportarlo ni un minuto más, corrió a ver al rabino.

—¡Venerado Rabí, ayúdame! —chilló—. ¡Ahora que hasta la cabra se ha vuelto salvaje, mi vida es una pesadilla!

El rabino lo escuchó y se quedó pensativo. Por fin le preguntó:

—Dime, buen hombre, ¿por casualidad no tendrás también una vaca? No importa que sea joven o vieja.

—Sí, Rabí, tengo una vaca —dijo el pobre hombre, temblando de miedo.

—Entonces vete a casa —le dijo el rabino— y mete la vaca en la cabaña.

—¡Ah, no, por cierto que no lo haré! —gritó el hombre.

—Lo harás ya mismo —dijo el rabino.

El pobre hombre infortunado volvió a casa muy apesadumbrado y metió la vaca en la cabaña.

«¿El rabino se habrá vuelto loco?» —pensó.

Pasaron unos días —o tal vez una semana— y la vida en la cabaña se había vuelto aún peor que antes. Todo el mundo peleaba, incluso los pollos. La cabra se había vuelto loca. La vaca pisoteaba todo lo que encontraba. El pobre hombre no podía creer en su mala suerte. Al fin, cuando ya no pudo aguantar más, corrió a pedirle ayuda al rabino.

—¡Venerado Rabí, ayúdame, sálvame, esto es el acabose! La vaca pisotea todo, no queda lugar ni para respirar, esto ya es peor que una pesadilla! —chilló.

El rabino lo escuchó y se quedó pensando. Por fin le dijo:

—Ahora vete a casa, pobre hombre infortunado, y saca los animales de tu cabaña.

—¡Oh sí, lo haré, lo haré enseguida! —contestó el hombre.

El pobre hombre infortunado se apresuró a volver a casa y sacó la vaca, la cabra, los pollos, el gallo y el ganso de la cabaña.

Esa noche el pobre hombre y toda su familia durmieron apaciblemente. No se oían cacareos, cloqueos ni graznidos. Había espacio de sobra para respirar a gusto.

Al día siguiente sin falta el pobre hombre corrió otra vez a ver al rabino.

—¡Venerado Rabí!—exclamó—. ¡Has conseguido que mi vida vuelva a ser agradable! Cuando en la cabaña no hay más que mi familia, todo es tan tranquilo, espacioso y apacible . . . ¡qué placer!